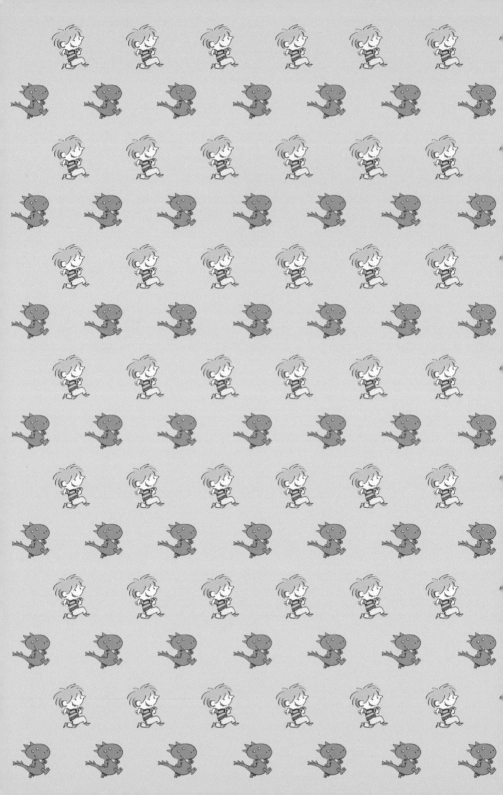

꼬마 용 룸피룸피

마법의 장화를 신다!

SEOUL, 2013

– 나를 어려운 상황에서 구해 준
'고집쟁이 곱슬머리' 마리아에게 감사하며!

꼬마 용 룸피룸피 마법의 장화를 신다!

초판 제1쇄 발행일 2013년 6월 10일
초판 제22쇄 발행일 2022년 3월 20일
글 실비아 론칼리아 그림 로베르토 루치아니 옮김 이현경
발행인 박헌용, 윤호권 발행처 (주)시공사
주소 서울시 성동구 상원1길 22, 6-8층 (우편번호 04779)
대표전화 02-3486-6877 팩스(주문) 02-585-1247
홈페이지 www.sigongsa.com/www.sigongjunior.com

LUMPI LUMPI IL MIO AMICO DRAGO
CAPRICCI E PASTICCI
Text by Silvia Roncaglia Illustrated by Roberto Luciani
Copyright ⓒ Edizioni EL S.r.l., Trieste Italy, 2011
All rights reserved.
Korean translation copyright ⓒ Sigongsa Co., Ltd., 2013
This Korean edition was published by arrangement with Edizioni EL
through Young Agency, Seoul.

이 책의 한국어판 저작권은 영 에이전시를 통해
Edizioni EL사와 독점 계약한 (주)시공사에 있습니다. 저작권법에 의해
한국 내에서 보호받는 저작물이므로 무단 전재와 무단 복제를 금합니다.

ISBN 978-89-527-8701-9 74880
ISBN 978-89-527-5579-7 (세트)

*시공사는 시공간을 넘는 무한한 콘텐츠 세상을 만듭니다.
*시공사는 더 나은 내일을 함께 만들 여러분의 소중한 의견을 기다립니다.
*잘못 만들어진 책은 구입하신 곳에서 바꾸어 드립니다.

KC마크는 이 제품이 공통안전기준에 적합하였음을 의미합니다.
제조국 : 대한민국 사용 연령 : 8세 이상
책장에 손이 베이지 않게, 모서리에 다치지 않게 주의하세요.

꼬마 용 룸피룸피

마법의 장화를 신다!

실비아 론칼리아 글
로베르토 루치아니 그림
이현경 옮김

시공주니어

신분증

이름　룸피룸피
별명　개인용 용
종류　상상 친구
사는 곳　잠피의 방

국적　환상 세계

색깔

특징

→ 차가운 불을 뿜는다.

→ 도넛 모양 콧김을 뿜는다.

◯ 행복할 때

◯ 기분이 나쁠 때

◯ 슬플 때

◯ 겁이 날 때

◯ 즐거울 때

◯ 화났을 때

그날 잠피는 끔찍할 정도로 고집을 부렸다. 엄마와 함께 쇼핑을 하러 시내에 갔는데 진열장에서 우연히 반짝이는 쇠 장식이 달린 멋진 장화를 보게 되었다.

잠피가 엄마에게 물었다.

 "저 장화 사 주시면 안 돼요?"

 "안 돼, 너무 비싸!"

잠피는 이미 멜빵바지와 필요도 없는 작은 배낭을 샀다.

 "저 장화 사고 싶어요! 카를로가 신었어요. 마테오도 비슷한 게 있고……."

잠피가 그 장화를 가진 친구들 이름을 모두 대면서 계속 고집을 부렸다.

엄마가 말했다.

 "신발은 지금 있는 걸로 충분해. 고집 그만 부려!"

하지만 잠피는 완전히

신상품!

고집쟁이가 되었다. 있을 수 있는 일이다. 아주 착한 어린이들도 그럴 때가 있다.

잠피는 발을 구르며 울기 시작했다.

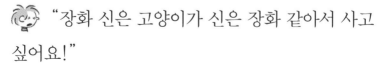 "장화 신은 고양이가 신은 장화 같아서 사고 싶어요!"

"그래, 하지만 엄마는 카라바스 후작(동화 〈장화 신은 고양이〉의 주인공으로, 장화 신은 고양이의 주인 : 옮긴이)처럼 부자가 아니야. 그리고 원하는 걸 다 갖고 살 수는 없어!"

엄마가 이렇게 결론을 내렸기 때문에 달리 어떻게 할 방법이 없었다.

잠피는 시무룩해졌다. 그리고 집에 돌아왔을 때 이렇게 선언하며 방 안에 틀어박혀 버렸다.

"나 화 많이 났어요, 아무도 방에 들어오지 마세요!"

지금 잠피는 양탄자에 앉아서 팔꿈치를 무릎에 대고

두 손으로 얼굴을 감싼 채 생각을 집중했다.

　잠피가 생각했다.

 '룸피룸피, 어서 와 줘. 난 네 도움이
필요해!'

　그러자 곧 작고 짙푸른 용이 잠피 옆에 실제로
나타났다. 용은 잠피의 상상 친구, 개인용 용이었다.
잠피가 아주 간절하게 생각하면 진짜 용이 나타났고,
둘은 여러 번 모험을 같이했다.

"나 왔어, 대장. 무슨 일 있었어?"

아주 영리한 상상의 친구 룸피룸피가 물었다.

금방 비가 쏟아지려는 하늘처럼 아직도 어두운 얼굴로 잠피가 투덜거렸다.

"엄마에게 무슨 일 있었냐고 물어야 할걸!"

"엄마가 고집부리셨어?"

룸피룸피가 빈정거리듯 물었다. 말할 때마다 코에서 불꽃과 불길이 튀어나왔다.

하지만 잠피는 그런 빈정거림을 알아차리지 못했다. 그래서 계속 억지스럽게 말했다.

"그래, 고집이야! 이런 장화를 사 달라고 했는데 거절하셨어, 봐!"

잠피가 동화책을 넘겼고, 깃털 달린 모자를 쓰고 은색 쇠 장식이 달린 멋진 장화를 신은 유명한 고양이 그림을 찾아냈다.

"이런 장화라고, 알겠어?"

"와!"

룸피룸피가 정말 좋아하며 앞발로 손뼉을 쳤다.
하지만 룸피룸피는 장화에는 전혀 신경도 쓰지
않았고, 대신 깃털 달린 모자를 황홀한 눈으로
바라보았다.

사실 용 전문가라면 누구나 알고 있듯이, 용들은
어떤 깃털이든 종류를 가리지 않고 정신을 잃을
정도로 좋아한다. 용들은 공작과 백조의 깃털,
심지어 거위 털과 닭 털까지도 부러워한다. 매끄럽고

부드러운 깃털이 아니라 딱딱한 비늘로 온몸이
뒤덮여 있기 때문이다.

룸피룸피가 날카롭게 외쳤다.

 "이런 모자 갖고
싶어! 하나 사 줘!"

 "왜 그렇게 네
멋대로 사납게
말하는 거야?"

하지만 룸피룸피는
고집스러워졌다. 있을 수 있는 일이다. 아주 착한
용들도 그럴 때가 있다.

룸피룸피는 뒷발을 구르면서 목청껏 소리쳤다.

 "당장 장화 신은 고양이하고 똑같은 모자
갖고 싶어!"

 "야, 좀 진정해 봐!"

잠피가 이어 말했다.

"난 카라바스 후작처럼 부자가 아니야!"
룸피룸피가 잘난 체하는 말투로 말했다.
"방앗간 주인 아들 카라바스가 후작이 되기
전에, 그러니까 아주 가난할 때 고양이에게 장화를
선물했잖아! 카라바스는 친구를 위해 희생하고
최선을 다할 줄 알았던 거지!"
잠피는 깜짝 놀랐다.
"그런데 네가 그걸 어떻게 알았어?"

"네가 동화책 읽을 때 들었지. 난 항상 네게
신경을 쓰고 있어! 그런데 넌 은혜를 모르는
아이야. 나한테 모자 하나 사 주지 않으니 말이야!"
룸피룸피는 그럴 생각이 아니었는데도 슬그머니
웃고 말았다. 몹시 화가 나고 고집을 부리는 중이라도
시가 나오면 용들은 웃을 수밖에 없었다.

"그만해!"
잠피가 심각하게 말했다.

"원하는 걸 다 갖고 살 수는 없어!"

"원하는 걸 모두 갖겠다는 게 아니라 깃털
달린 모자가 갖고 싶다고!"
작고 파란 용이 막무가내로 고집을 부렸다.

"어쨌든 고집스러운 용아, 그런 모자가
어디에 있는지 난 몰라!"
룸피룸피가 말을 꺼냈다.

"모자를 찾으러 같이 떠나자!"

"그래, 그게 좋겠다!"

잠피도 찬성했다.

 "그러면 혹시 내가 좋아하는 장화도 갖게 될지 몰라."

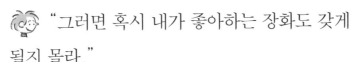 "그럼 내 등에 올라타."

잠피는 보통 때처럼 딱딱하고 비늘에 덮인 룸피룸피 등 위에 베개를 묶었다. 이륙하는 동안 룸피룸피가 한숨을 쉬었다.

 "오, 내게 깃털이 있다면! 넌 훨씬 편하게 여행했을 거고, 난 훨씬 더 행복했을 거야! 하다못해 베개 속에도 깃털이 잔뜩 들어 있는데, 나는……."

 "넌 용이라 비늘을 가지고 있는 거야. 널 그렇게 상상한 건 나라고!"

 "정말 실망이다, 대장! 넌 너무 게으른 아이라서, 뭔가 독창적인 생각을 하려고

노력조차 하지 않았어."

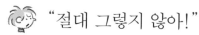 "절대 그렇지 않아!"

잠피가 기분이 상해서 발끈했다.

"난 네가 차가운 불을 뿜어내게 상상했어. 그 어떤 것보다 독창적인 생각이었다고! 혹시 네가 아는 용 중에 그런 용 있어?"

"에취, 없어! 에취취, 물론!"

룸피룸피가 말했다.

"난 차가운 불을 뿜어내야 하기 때문에 늘 감기에 시달리는, 세상에서 제일 불행한 용이야. 내가 알기로는 어떤 꾀 많은 아이가 나하고 놀 때 불에 데지 않으려고 날 그렇게 상상해서 이렇게 된 거라고!"

"야, 룸피룸피, 너 혹시 나하고 싸우고 싶은 거야?"

잠피가 물었다. 잠피는 이렇게 까다롭고 싸우기

좋아하고 고집스러운 용을 상상한 기억이 나지
않았다.
　아니, 잠피는 자기가 원하는 일은 뭐든지 들어줄
준비가 되어 있는 말 잘 듣는 작은 영웅을 꿈꾸었다.
　룸피룸피가 막 그게 아니라는 말을 하려다가
이렇게 소리 질렀다.

"저 아래 좀 봐, 대장! 너도 보여?"

잠피는 아래를 내려다봤지만 특별히 흥미로운 것은 발견하지 못했다. 집과 공장 들이 드문드문 흩어져 있는 너른 들판이었다.

"아니, 친구, 특별히 보이는 건 없는데. 꾀 많은 아이가 용을 상상할 때 망원경처럼 잘 보이는 큰 눈을 갖도록 해서 너만 보였을걸! 난 너처럼 멀리 볼 수 없어!"

"그래, 난 저 아래 있는 큰 상점 간판을 또렷하게 읽을 수 있어. 이렇게 적혀 있어. 파볼라네 구두와 모자('파볼라'는 이탈리아 어로 '동화'라는 뜻이다 : 옮긴이)."

"난 큰 상점도 안 보여. 그렇지만 정말 그런 상점이 있다면 우리에게 딱 맞는 곳이야. 가자, 상점 앞에 착륙하자!"

"지난번에 공공장소에 착륙하니까 사람들이

모두 도망가 버렸어. 기억나지? 넌 필요할 때 눈에 보이지 않는 투명 용을 상상할 수는 없었니?"

"그래, 그랬으면 아주 좋았겠지. 그렇지만 그건 너무나 평범한 생각이야. 내가 아는 거의 모든 아이들은 투명하게 변하는 상상 친구들이 있어. 난 좀 더 독창적인 것을 원했다고!"

따지기 좋아하는 룸피룸피가 물었다.

"차가운 불 같은, 에취?"

잠피는 얼른 다른 이야기를 꺼냈다.

"어쨌든 안심하고 내려가 봐. 저 상점 이름이 '파볼라네'면 사람들이 용을 봐도 별로 안 놀랄 거야."

잠피의 생각이 맞았다. 룸피룸피가 빠르게 속도를 내서 멋지게 착륙한 주차장에는 요정의 황금 마차가 한 대 있었고, 유니콘(인도와 유럽의 전설상의 동물. 모양과 크기는 말과 같고 이마에 뿔이 하나 있다고

한다 : 옮긴이)도 한 마리 있었다.

친구와 이야기를 나누는 요정의 목소리가 들렸다.

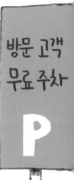

"내 뾰족모자는 이제 너무 낡았고 완전히 구식이야!"

요정의 친구가 말했다.

"있잖아, 파볼라 씨가 만든 모자 같은 건 다른 어디에서도 구할 수 없을 거야!"

룸피룸피가 크게 말했다.

"그러니까 파볼라가 주인 이름이었구나."

"그런 것 같아……."

잠피가 말했고, 둘은 큰 상점 안으로 들어갔다.

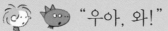 "우아, 와!"

상점이 진짜 동화에 나오는 곳 같아서
잠피와 룸피룸피는 합창하듯 소리쳤다. 상점은
성 안의 넓은 홀처럼 우아하고 반짝반짝
빛났다. 조명이 환하게 비치는 고급스러운
유리 진열장과 선반마다 믿을 수 없을 정도로
멋진 모자와 신발 들이 줄지어 있었다.
신데렐라의 것과 똑같은 유리 구두도 있었다.
그리고 〈이상한 나라의 앨리스〉에 나오는
미친 모자 장수에게나 어울릴 만한
모자도 있었다.

잠피가 소리쳤다.

 "여기라면 우리가 원하는 걸 틀림없이 찾을
수 있을 거야!"

룸피룸피가 물었다.

 "그렇지만 장화와 모자 값을 어떻게 내지?"

 "내가 다 생각했지."

잠피가 작은 자루를 꺼내며 대답했다.

 "이건 내 저금통에 들어 있던 돈 전부야.
이곳의 물건 값도 동화 같기를 바라자고!"

그때 키가 작고 이상한 남자가 둘에게 다가왔다.
그는 옛날 동화에 나오는 공작 같은 옷차림에
둥근 안경을 쓰고 있었다.

 "난 '파볼라'란다."

남자가 고개 숙여 인사하면서 자기소개를 했다.

 "뭘 도와줄까?"

 "전 장화 한 켤레를 사고 싶고, 제 용은 깃털

달린 모자를 원해요. 그런데 둘 다 장화 신은
고양이 것과 똑같아야 해요."

 "그거야 세상에서 제일 쉬운 일이지."
파볼라 씨가 친절하게 대답했다.

 "2층으로 가서 오른쪽으로 돌면 장화도
있을 거다."
잠피가 물었다.

 "그런데 작은 발에 맞는 장화와 큰 머리에
맞는 깃털 모자가 있을까요?"

 "내 머리 안 커!"

거인을 위한
신상품

룸피룸피가 용이 기분 나쁠 때면 나오는
회색 콧김을 내뿜으며 씩씩대는 동안 파볼라 씨가
대답했다.

 "우리 가게에는 모든 치수가 다 있단다. 중간
치수도 있고 특별 치수도 있어! 마법의 장화도
있는데, 신는 사람의 발에 맞게 자동으로 치수가
변하는 장화란다."

 "정말 동화 같아요!"
잠피와 룸피룸피가 크게 외쳤다.

 "동화 같지, 물론! 여기 파볼라 상점에서는
모든 게 다 동화 같단다!"
파볼라 씨는 기뻐했다.

잠피와 룸피룸피는
에스컬레이터를 타고
2층으로 올라갔다. 항상
날아서 올라가는 데 익숙해
있던 작은 용은 움직이는
계단을 보고 감탄했다. 이렇게
움직이는 계단을 타 본 건
처음이었다.

둘은 2층에 도착해서 오른쪽으로
돌았다. 아니, 잠피는 오른쪽으로 돌았다고
굳게 믿었지만, 아직 오른쪽 왼쪽 구별을 잘
못했기 때문에 사실은 반대쪽으로 갔다.
룸피룸피는 말없이 잠피 뒤를 따랐다.
용 전문가들이 잘 알다시피 용들은 위아래만
구별할 뿐, 오른쪽 왼쪽은 구별하지 못한다.
하지만 왼쪽에도 멋진 장화들이 진열된 선반이

있었다. 장화들은 동화 속 고양이가 신은 것과
똑같은, 아니 훨씬 더 멋진 것들이었다. 조금 더 가자
다른 선반에 근사한 깃털 모자가 진열되어 있었고,
그 옆에는 반짝이는 피리가 하나 놓여 있었다.

 "저거 갖고 싶어. 내가 꿈꾸던 바로 그
모자야!"

룸피룸피가 기뻐하며 크게 소리쳤고, 좋아서
앞발로 손뼉을 치고 분홍 콧김을 내뿜었다.

잠피가 말했다.

"내 장화부터 먼저 사고! 그다음에 돈이
남으면 네 모자를 사 줄게, 고집쟁이야!"

그러자 룸피룸피의 콧김이 금방 초록빛으로
변했다. 기분이 갑자기 변했다는 표시였다. 이제
룸피룸피는 슬픔에 잠겨 있었다.

 "한번 써 보기라도 하면 안 될까?"

"좋아, 그렇지만 먼저 이 장화가 나한테

어울리는지부터 말해 줘."

어느 틈에 장화를 신어 본 잠피가 대답했다.
그러더니 다시 이렇게 말했다.

"이상해. 장화가 굉장히 커
보였지만, 그래도 한번 신어
보고 싶었어. 그런데
신으니까 내 발에 딱
맞아. 이것 봐!"

잠피는 장화 신은
모습을 자랑하면서
룸피룸피 쪽으로 한 발을 떼어 놓았다. 그런데……
갑자기 잠피가 사라져 버렸다!

꼬마 용은 오른쪽이 어느 쪽인지는 알지 못했지만
오른쪽으로 돌아섰다. 그리고 왼쪽이 어느 쪽인지
역시 알지 못했지만 왼쪽으로 돌아섰다. 위를 보고
아래를 봤지만 잠피는 흔적도 없었다. 이건 무슨

장난일까?

룸피룸피는 조금 걱정이 되었다. 그렇지만 높은
곳으로 올라가면 잠피가 어디 숨어 있는지 보일 테니
크게 걱정하지는 않았다. 룸피룸피의 망원경 같은 눈
덕분에 아주 쉽게 잠피를 찾을 수 있을 게 분명했다.
그 장화가 마법의 장화여서 친구를 투명 인간으로
만든 게 아니라면 말이다…….

룸피룸피는 잠피가 처음에는 커 보였지만
신고 나니 딱 맞는 장화를 신었던 생각이 나서
크게 외쳤다.

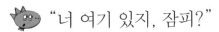 "잠피, 너 여기 옆에 있는데 투명 인간이
된 거야?"

마법의 장화는 신는 사람의 발에 딱 맞게 변한다고
했던 파볼라 씨의 말을 룸피룸피는 아주 잘 기억하고
있었다.

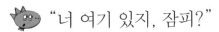 "너 여기 있지, 잠피?"

룸피룸피가 다시 물었지만 아무 대답이 없었다.

그 장화를 신으면 벙어리가 되는 게 분명했다!

룸피룸피는 파볼라 씨와 이야기를 해 봐야겠다고 생각했다. 그렇지만 그보다 먼저 꿈에 그리던 깃털 모자를 한번 써 보고 싶은 욕심을 버릴 수가 없었다. 그래서 깃털 모자를 머리에 썼다. 거울에 자기 모습을 비추어 본 룸피룸피는 자기가 공작새보다 더 멋지게 변한 것을 알게 되었다. 그러자 옆에 있는 피리도 한번 불어 보고 싶었다. 진정한 용 전문가들이 잘 알다시피, 용들은 음악적 감각이 뛰어나고 폐활량이 커서 입으로 부는 악기들을 아주 좋아한다. 그리고 피리를 특히 잘 분다! 룸피룸피가 정말 아름다운 가락을

연주했다. 그런데 피리를 불자 사방에서 생쥐들이
불쑥 나타나기 시작했다. 허공에서 튀어나오는 것
같았다. 생쥐들은 선반 뒤에서 잇따라 나와서 모두
룸피룸피에게로 다가왔다. 룸피룸피인지 피리인지는
모르지만, 둘 중 하나가 생쥐들을 불러내고 있는 것
같았다.

　음악에 흠뻑 빠져 눈을 감고 피리를 불던
룸피룸피는 처음에는 그 사실을 몰랐다. 그러다 눈을
뜨자마자 생쥐들을 보고 겁에 질려 비명을 질렀는데,
그 소리가 마치 울부짖는 것 같았다.

　전문가들이 알다시피 용들은 유난히
생쥐를 겁낸다. 표범을 봐도

눈썹 하나 까딱하지 않고 상어 앞에서도 하품을
할 수 있지만, 생쥐를 보기만 하면 겁에 질려
이성을 잃는다.

룸피룸피가 꼬리를 덜덜 떨었다. 용이 꼬리를 떠는
건 우리가 겁이 날 때 이를 덜덜 떠는 것과 똑같다.
코에서는 겁에 질렸을 때 나오는 파란 콧김이
쏟아졌다. 이제 꼬마 용은 하얗게 질려 온몸이
빛바랜 파란색으로 변했다. 생쥐에 대한 공포로
몸까지 굳어 버렸다. 더는 견딜 수 없게 되자
룸피룸피는 조금이라도 마음을 가라앉혀 보려고
휘파람을 불었다. 하지만 악기를 들고 있다면
연주하는 게 좋을 것이다. 그래야만 석상처럼 몸이
굳는 걸 막을 수 있을 테니까.

그래서 룸피룸피는 계속 피리를 불었다. 더
힘차게, 더 빠르게. 그러나 피리를 불면 불수록 무슨
이유에서인지 생쥐들의 수가 늘었고 점점 더

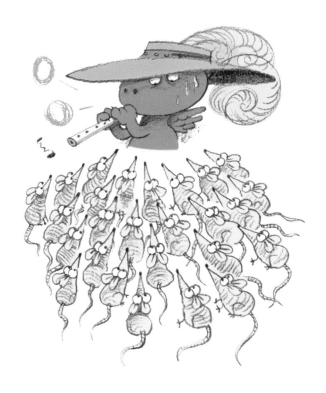

룸피룸피 옆으로 가깝게 모여들었다.

　가엾은 꼬마 용은 자기가 피리 부는 사나이의 깃털
모자를 쓰고 있다는 것을 몰랐다. 그리고 자기가
연주하는 피리가 바로 사나이가 불었던 마법의
피리라는 것 역시 상상조차 하지 못했다. 사나이는
마법 피리로 하멜른 시에서 생쥐들을 모두 몰아냈었다.

피리가 가진 마법의 힘을 전혀 모르는 룸피룸피는
생쥐에 대한 두려움을 이기기 위해 있는 힘껏 피리를
불었다. 그리고 바로 그 행동이 생쥐들을 점점 더
불러내고 있는 줄은 꿈에도 몰랐다.

　　룸피룸피는 걸음아 날 살려라 하고 급히 도망을
쳤다. 도망치면서도 공포 때문에 다리가 굳어
달아나지 못할까 봐 계속 피리를 불었다. 이미
룸피룸피의 뇌는 굳어 버린 게 틀림없었다. 자기가

날 수 있다는 걸 까맣게 잊었으니 말이다.

　룸피룸피는 진열장이며 선반 들을 다
엉망진창으로 만들며 도망쳤다. 룸피룸피가
지나가는 길마다 구두들이 뒤집히고 모자들이
공중으로 날아갔다. 룸피룸피는 너무 놀라 눈이
휘둥그레진 점원들과 파볼라 씨 앞을 지났다.
파볼라 씨는 정신 나간 용이 동화 같은 자신의 큰
상점을 쑥대밭으로 만드는 것을 보며 두 손으로

머리를 움켜쥐었다.

마침내 룸피룸피는 문을 열고 나가는 수고를 하는
대신, 진열장 유리를 깨고 거리로 뛰쳐나갔다.
그리고 달리면서 계속 피리를 불었고, 피리를 불면서
계속 달렸다…….

룸피룸피 뒤로 수백 마리 생쥐들의 다리와 수염과
꼬리가 회오리 치듯 움직였다. 이제 하수구와
지하와 집과 지하실에서도 생쥐들이 나오고 있었다.
어느덧 생쥐는 수천 마리가 되었고, 더욱 공포에
사로잡힌 룸피룸피는 쉬지 않고 달아나면서
놀라운 마법의 피리를 불었다.

그런데 잠피는 어떻게 됐을까? 잠피에게 무슨
일이 벌어진 걸까? 여러분이 먼저 알아 두어야 할
것은, 동화 속 고양이가 신은 장화와 똑같았던 그
장화가 진짜 마법의 장화라는 것이다. 정확히
말하자면, 한 발을 떼어 놓을 때마다 7마일(1마일은

약 1.6킬로미터에 해당한다 : 옮긴이)을 갈 수 있는
〈엄지손가락 톰〉의 그 유명한 장화였다.

　잠피가 한 발을 떼어 놓자마자 사라져 버린
이유가 바로 이것이었다! 실제로 잠피는 한 발짝만에
북쪽으로 7마일을 움직였다. 이 사실을 알고 몹시
신이 난 잠피는 한 발, 또 한 발, 그리고 또 한 발을
더 떼어 아름다운 언덕에 도착했다.
언덕은 마법의 장화를 얻은 큰 상점에서
북쪽 방향으로 정확히 28마일 떨어진 곳에
있었다. 문득 잠피는 룸피룸피를
상점에 두고 왔다는 사실이
떠올랐다. 자기가 룸피룸피의
눈앞에서 사라지는 바람에
친구가 걱정하고 있을 것
같았다.
그래서 다시 네 발짝을

되돌아가서 처음 출발했던 상점으로 돌아왔다.
잠피는 놀란 눈으로 주위를 둘러보았다. 한참
보고서야 상점을 겨우 알아볼 수 있었다. 조금
전까지 완벽했던 상점, 반짝반짝 빛이 나고
정돈되어 있고 동화 속 세상 같던 그 상점이 지금은
말로 표현할 수 없게 딴 모습이 되어 있었다.
절망에 빠진 점원들이 엉망진창이 된 선반들,
사방에 되는대로 흩어진 신발과 모자 들을 정리하고
있었다.

흥분한 파볼라 씨가 경찰에 전화를 하며 이렇게
소리쳤다.

 "용이라니까요, 틀림없어요!"

잠시 후 파볼라 씨는 급하게 몇 마디 말을
주고받더니 씩씩거리며 수화기를 내려놓았다.

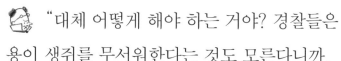 "대체 어떻게 해야 하는 거야? 경찰들은
용이 생쥐를 무서워한다는 것도 모른다니까.

　게다가 용이든 생쥐든 자신들의 담당 영역이
아니라니! 부끄러운 줄 알아야지!"
　잠피는 이런 난리가 룸피룸피의 짓이라는 걸
믿을 수가 없었다. 모두들 용 이야기뿐이었다.
그래서 잠피가 물었다.

 "혹시 어두운 파란색 꼬마 용이었나요?"

 "아니다. 꼬마 용은 맞는데, 흐릿한 하늘색

용이었어. 거의 회색빛 도는 흰색에 가까운."

잠피가 물었다.

 "용이 깜짝 놀랐던가요?"

 "겁에 질려 있었단다!"

 '그럼 룸피룸피가 맞아.'

잠피는 이렇게 생각했지만 그 말을 하지는 않았다.
혹시 상점을 엉망진창으로 만든 용이 잠피의
용이라는 것을 알게 되면 파볼라 씨가 틀림없이
잠피에게 피해 보상을 요구할 테니까. 그리고
피해를 보상해 주려면 잠피의 저금통 같은
게 백만 개쯤 있어도 모자랄 것이다.

 "용이 왜 그렇게 놀란 건가요?"

 "아무 생각 없는 그 용이 피리
부는 사나이의 마법 피리를 불어서
생쥐 떼를 끌어냈지. 너도
경찰들처럼 용이 생쥐 한 마리 본

걸로 겁에 질려 제정신을 잃을 리가 없다고는 말하지
마라!"

물론 잠피는 용이 생쥐를 무서워한다는 걸
아주아주 잘 알고 있었다. 잠피는 파볼라 씨가
겁먹은 짙푸른 용이 하얗게 변할 수도 있다는 생각을
하다가 아까 잠피와 룸피룸피가 함께 있었던 기억을
떠올릴까 봐, 그 전에 얼른 한 발짝을 옮겨 놓았다.
무엇보다 잠피가 신은 마법의 장화를 보고 장화 값을
내라거나 장화를 벗기기 전에 서둘렀다. 물론
그 한 발짝 때문에 잠피는 7마일이나 옮겨 갔는데,
이번에는 남쪽으로 갔다. 한 발짝 떼기 전에
잠피는 용이 어느 쪽으로 갔는지 사람들에게
물었는데, 용이 남쪽으로 사라지는 것을 보았다는
대답을 들었기 때문이다. 하지만 룸피룸피는 흔적도
없었다.

다시 한 걸음을 내딛어 또 7마일을 갔지만……

아무것도 없었다. 다시 발을 들었다……. 그리고 다시 발을 떼어 7마일을 지나려고 할 때, 마침내 정신없이 도망치는 룸피룸피를 발견했다. 하지만 발을 땅에 내렸을 때는 벌써 룸피룸피보다 훨씬 앞서게 되었다. 그래서 다시 한 걸음 되돌아갔다. 그렇게 하다가 친구를 잠시 보았다. 하지만 룸피룸피도 아주 빠르게 달리고 있어서 이번에는 룸피룸피가 몇 마일 앞서 달렸다. 잠피는 이제 자기 걸음을 조절할 수가 없었다. 마법의 장화 때문에 정확히 7마일씩 움직일 수밖에 없었다. 룸피룸피가 저 정도 떨어져 있으니 1분에 얼마만큼 가야 하는 걸까? 이건 수학적으로 계산해야 할 문제여서 머리가 빙빙 돌았다. 선생님이 내 주는 문제보다 훨씬 어려웠다. 잠피는 절망했다. 이런 식으로 걸어서는(정말 그렇다!) 룸피룸피와 절대 만날 수 없었다. 룸피룸피는 계속 피리를 불며 도망갔다.

잠피도 계속 한 발 내딛었다가 물러서기를
반복했지만 룸피룸피와 만날 수는 없었다.
　한 걸음 앞으로 갔다가 되돌아오고……, 앞으로
갔다가 되돌아오고…….
　잠피는 이 끔찍한 장화가 원망스러워지기
시작했다. 잠피가 다시 룸피룸피를 지나치게
되었을 때, 이번에는 그 거리가 짧았는데,
갑자기 이런 생각이 떠올랐다.

‘내가 장화를 벗고 가만히 나무 밑에 앉아
있으면 곧 룸피룸피가 옆으로 지나갈 거야!’

그래서 잠피는 마법의 장화를 벗고 친구가
나타나기를 기다렸다.

30분쯤 지나자 룸피룸피가 숨을 헐떡이며
달려왔다. 여전히 있는 힘을 다 끌어모아서
피리를 불고 있었고, 그 뒤로 큰 생쥐 부대가
따라왔다.

"룸피룸피, 당장 피리 그만 불어!"
잠피가 친구에게 소리쳤다.

"맹세하는데, 네가 피리를 안 불면 생쥐들이
사라질 거야. 생쥐들이 피리 소리를 듣고 따라오고
있어! 피리를 버려!"

그래서 룸피룸피는 피리를 멀리 던져 버렸고,
잠피의 발밑에 기운을 잃고 쓰러졌다. 그러자
예상대로 생쥐들이 모두 흩어져 버렸다.

잠피가 룸피룸피를 꼭 끌어안고 말했다.

"사랑해, 이 말썽쟁이 용아!"

그사이 룸피룸피는 천천히 원래의 색으로
돌아왔다. 그러고는 숨을 헐떡이며 작은 불꽃들을
내뿜었다.

깃털 모자가 보이지 않자 잠피가 물었다.

 "깃털 달린 모자는 어디 갔어?"

 "달리다가 잃어버렸어!"

룸피룸피가 숨을 헐떡이며 우물거렸다.

 "그런데 넌, 장화 어디 있어?"

잠피가 대답했다.

 "벗어 던졌어."

룸피룸피가 물었다.

 "찾으러 갈까?"

 "아니, 집으로 돌아가자! 모자, 장화, 피리
때문에 벌써 여러 가지 문제가 생겼잖아.
이 정도로 충분한 것 같아!"

 "진짜 그래, 대장! 그런데 어떻게
돌아가지?"

 "날아서, 룸피룸피! 올 때처럼 날아서
가면 돼. 넌 용이고, 날개가 있잖아. 기억 안 나?"

"미안, 대장. 가끔 내가 용이라는 걸
잊어버려!"

"그럴 줄 알았어, 그래! 생쥐들은 못 날고
넌 날 수 있다는 건 생각도 못 했지?"

룸피룸피의 얼굴이 새빨개졌다.

용들도 부끄러울 때는 그런 색이 된다.

잠피가 룸피룸피를 안아 주며 말했다.

 "사랑해, 까먹기 대장!"

그러고 나서 잠피는 룸피룸피의 등에 올라탔고,

둘은 같이 날기 시작했다.

잠피와 룸피룸피는 곧 집으로, 잠피의 방으로

돌아왔다.

잠시 후 문 두드리는 소리가 들려서 잠피가

물었다.

 "누구세요?"

 "엄마야, 들어가도 돼?"

잠피가 대답했다.

 "그럼요!"

엄마가 들어오면서 물었다.

"이제 화 풀린 거야?"

잠피가 물었다.

 "무슨 말씀이세요?"

아주 급했던 모험 때문에 잠피는 엄마가 장화를
사 주지 않아 몹시 화가 나서 방에 틀어박혀
있었다는 것도 까맣게 잊었다.

"풀렸다면 다행이고!"

엄마가 잠피를 꼭 안아 주며 말했다. 그리고 입을 맞춘 뒤, 귀에 대고 속삭였다.

 "사랑한다, 까먹기 대장 아들! 자, 저녁 준비 다 됐어. 가자!"

"룸피룸피 먹을 것도 준비하셨어요? 가엾게도 너무 달려서 기운이 하나도 없어요!"

엄마는 깜짝 놀랐다.

 "엄만 용들은 날아다니는 줄 알았는데!"

"그 까먹기 대장이 가끔 자기가 날 수 있다는 걸 잊어버려요!"

 "그렇지만 엄마는 잊지 않고 룸피룸피도 먹을 맛있는 요리를 식탁에 준비해 뒀어. 자, 가자!"

엄마가 잠피를 안고 식당으로 갔다.

옮긴이의 말

늘 내 편이 되어 주고 위로해 주는 친구가 곁에 있다면 얼마나 좋을까요? 잠피에게 파란 용 룸피룸피는 바로 그런 상상의 친구이지요.

잠피가 엄마에게 야단맞았을 때나 아이스크림을 너무 많이 먹어 배탈이 났을 때 짠 하고 룸피룸피가 나타나 잠피의 기분을 달래 주었던 것처럼, 이번 이야기에서도 엄마가 꼭 갖고 싶은 장화를 사 주지 않아 잔뜩 화가 난 잠피 앞에 잠피만의 상상 친구 룸피룸피가 찾아오지요. "나 왔어, 대장! 무슨 일 있었어?" 하고 인사를 건네면서요. 그리고 이야기를 나누던 둘은 〈장화 신은 고양이〉에 나오는 멋진 장화와 깃털 달린 모자가 갖고 싶어 동화 속에 나오는 마법의 물건들이 가득한 파볼라씨 상점으로 날아갑니다.

그런데 동화 세계에서는 잠피가 아닌 룸피룸피가 모자를 꼭 사겠다고 고집을 부리고 떼를 씁니다. 현실에서 잠피가 엄마에게 그랬던 것처럼요. 그러고는 마음대로 피리를 불다가 상점을 발칵 뒤집는 소동을 일으키지요. 룸피룸피는 무엇이든지 척척 해내는 영웅이 아니라 잠피처럼 겁도 많고 실수도 많이 하는 어린 용이기 때문입니다. 잠피는 재치와 지혜를 발휘해 곤경에 빠진 룸피룸피를 구해 냅니다. 그리고 자신을 비추는 거울과도 같은 룸피룸피의 모습을 보고 스스로의 행동을 돌아보게 되지요.

말썽 많고, 고집스럽고, 엉뚱하긴 하지만 사랑스러운 꼬마 용 룸피룸피와 그런 상상 친구를 따뜻하게 감싸 주며 한 걸음씩 성장해 가는 잠피! 두 친구의 이야기를 읽으며 상상력과 호기심 가득한 동화 속 세상을 마음껏 여행해 보세요.

이현경

기분에 따라 달라지는 색색 콧김에
차가운 불을 내뿜는 작고 파란 꼬마 용
룸피룸피 책갈피를 모아 보세요!

꼬마 용
룸피룸피